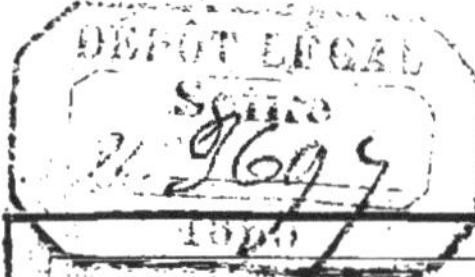

SOUVENIR

DU

LYCÉE LOUIS-LE-GRAND

PARIS
IMPRIMÉRIE A. BOURDILLIAT
15, rue Breda
1860

Delaporte

SOUVENIR

DU

LYCÉE LOUIS-LE-GRAND

PARIS
IMPRIMERIE A. BOURDILLIAT
15, rue Breda
1860

SAINT CHARLEMAGNE

1858

LES DEUX BANQUETS

De notre vieille horloge, en liesse aujourd'hui,
Le timbre nous invite à chanter avec lui.
Faut-il, pour te fêter, bienheureux Charlemagne,
Griser la Poésie aux sources du champagne?
Assez d'autres l'ont fait. Viens plutôt m'inspirer,
Muse des gais propos! Mais je l'entends pleurer...
Sur son front, les lauriers font place aux sombres voiles :
Elle a vu dans son ciel s'éteindre deux étoiles [1] !

A qui donc m'adresser? A qui!... Je vois là-bas
L'Amitié qui m'écoute et qui me tend les bras.

[1] Béranger et Alfred de Musset venaient de mourir.

Eh bien ! reste avec nous, conseillère charmante ;
Nous te choisissons tous pour notre Présidente !
De la gaîté française agitant les grelots,
Tu sèmes à l'envi le rire et les bons mots ;
Et, voyant tous les yeux refléter ton sourire,
Tu t'applaudis tout bas de ton facile empire.

Elle nous porte un toast ! Elle dit : « Aux absents !
Qu'ils nous fassent raison désormais tous les ans !
Buvez à vos succès, aux succès de vos frères,
Pour votre vieux Lycée, enfants, videz vos verres ! »

Merci de tes souhaits, bienveillante Amitié ;
Avec toi, de grand cœur, nous sommes de moitié.
Sois-nous comme ce vin qui, fermentant sans cesse,
Amasse, en vieillissant, des trésors de jeunesse ;
De ce premier banquet garde le souvenir...
Protége notre route ! ouvre-nous l'avenir !

L'avenir ! Qu'ai-je dit ? Ce mot, qui le répète ?
C'est l'horloge, du Temps redoutable interprète,
Dont l'aiguille rapide, image de nos jours,
Semble rester en place, et marche, hélas ! toujours !
Oui : « *Sic vita fluit* [1] » mais l'heure qui s'envole
Nous laisse pour adieu l'heure qui nous console ;

[1] Sous l'horloge de Louis-le-Grand, on lit ce vers :

Ut cuspis, sic vita fluit, dum stare videtur.

Et, déguisant sa voix aux sévères leçons,
Sur des clochettes d'or nous arrive en chansons!

Une fois, tous les ans, sa marche cadencée
Convoque en un banquet les anciens du Lycée ;
Douix assure à tous, dans le Palais-Royal,
Pour quinze francs par tête, un accueil cordial.
Voyez-vous accourir, par toutes les arcades,
Ces bataillons serrés de joyeux camarades :
Ministres, avocats, peintres, praticiens,
Industriels, et même... académiciens?

Égaux comme jadis, ni titre, ni fortune
Ne marque, entre les rangs, de distance importune
Et la Fraternité, sur ce terrain nouveau,
De la Démocratie établit le niveau.
Pour la première fois, le coche égalitaire
Chemine sans briser son essieu dans l'ornière ;
Et, par exception, l'heureuse Liberté
Ne craint d'autres excès... que ceux de la gaîté.

Sous les surnoms divers qu'on avait à l'étude,
De l'ancien tutoiement on reprend l'habitude :
On rappelle ces temps où l'on était gamins;
Où l'on faisait la nique aux Grecs comme aux Romains;
Et plus d'un s'attendrit, au bout de sa carrière,
De voir ses jeunes ans rire au fond de son verre!

Cette halte d'un jour, faite dans le passé,
Ce banquet, autrefois ensemble commencé,
Ne réunit pas seuls les vieux amis d'enfance,
Et pour convive encore élit la Bienfaisance !

Quand jeune, de la vie affrontant le hasard,
Par différents sentiers, ivre d'espoir... on part,
Les uns sous le ciel bleu font une route heureuse,
Que n'obscurcit jamais la nuée orageuse;
Et les autres, luttant contre un amer destin,
Vont partout déchirés aux ronces du chemin.
Mais les premiers alors, retournant en arrière :
« Nous voici, disent-ils; ami, plus de misère.
Tu n'as rien : partageons ! — Toi, donne ton enfant,
Par notre adoption fils de Louis-le-Grand.
Puisse-t-il conquérir un jour cette couronne
Qu'aux succès, au travail, notre Comité donne ;
Et, si jamais le sort lui prête son appui,
Que pour d'autres il soit ce que l'on fut pour lui ! »

A ce lointain banquet que l'Amitié préside,
N'est-ce pas, mes amis, jamais de place vide?
Et du serment qu'ici nous faisons de grand cœur
Prenons tous à témoin notre bon Proviseur !

AUGUSTE DELAPORTE.

(Classe de Rhétorique.)

SAINT CHARLEMAGNE

1860

LE CHARLEMAGNE ROMANTIQUE

Le front dans les deux mains, la plume sur l'oreille,
Je cherchais... et dormais. « Mon poëte sommeille? »
Me dit saint Charlemagne, apparaissant soudain.
« On dormait moins jadis, on avait plus d'entrain
Quand approchait ma fête ; et son anniversaire
Donnait aux lycéens la fièvre littéraire.
Plus de fièvre aujourd'hui ! plus de tête à l'envers !
Vous frappez du champagne : on frappait de bons vers !

Aux temps que je regrette, on portait jusqu'en classe
Ces élans inspirés dont votre époque est lasse ;
On avait ses drapeaux, son camp : le professeur,
Avec feu, dans la lutte entrait, piqué d'honneur ;

Gaîment on combattait ; puis, autour de la chaire.
Du choc, en petillant, jaillissait la lumière.
Armé d'un manuscrit braqué sur l'Odéon,
L'auteur rêvait déjà sa place au Panthéon ;
On détrônait Racine, on enfonçait Molière ;
C'était une épopée à dérouter Homère !
Dieu ! que sont devenus ces jours où, sous mes yeux,
La jeunesse était jeune, à la barbe des vieux ;
Où d'un sang vif et chaud la bouillante noblesse,
Comme un vin généreux, prolongeait son ivresse ;
Ces jours où l'on vivait sans souci du pourquoi ;
Où, narguant l'avenir, la jeunesse avait foi !
Vous enfantez encor, mais la chimère avorte ;
On rêvait : vous dormez !... La poésie est morte ! »

Il dit. — Dans ce sermon profane et décousu
Je ne retrouvais pas le discours d'un élu !
Nul rayon n'éclairait le front du personnage.
Parfois un tic nerveux tourmentait son visage ;
Il avait l'œil vitreux et l'aspect raccorni :
C'était le Charlemagne exhumé d'Hernani !
Le même qui jeta, vers l'an mil huit cent trente,
Au Théâtre-Français sa rime indépendante ;
Le même qui, lançant son brutal gantelet,
Crut le tendre Racine écrasé d'un soufflet !

Je répondis : « Grand roi, peut-être ta mémoire
Embrouille-t-elle un peu les fils de ton histoire ;

N'importe! Que nos vers soient écrits sur le ton
Des devises qu'on lit autour d'un mirliton,
Je ne le nierai pas... Mais dis-moi si ta fête
A jamais réuni famille plus complète,
Aux beaux jours d'autrefois ; si plus d'hôtes ont fait,
En épuisant ta cave, honneur à ton banquet.

Tu parles de trente ans, vénéré patriarche,
Et je crois qu'en trente ans l'eau peut passer sous l'arche!
Regarde-nous : garçons de franche et belle humeur,
Nous ne nous donnons plus les airs saule-pleureur,
La marche déhanchée et la voix poitrinaire
Qu'auraient des échappés du caveau funéraire.

Autre temps, autre mœurs! A présent, notre esprit
Sent qu'on peut accorder les arts... et l'appétit;
De notre teint vermeil la splendeur insolente
Témoigne, à notre honneur, de la folie absente;
La Politique même, ici frappée au cœur,
Tombe, au milieu des cours, sous *la balle au chasseur!*

Pour le genre incompris notre peu d'aptitude
A l'humble sens commun consacre notre étude :
Avec nos professeurs plus nous ne discutons,
Mais nous n'y perdons rien... car nous les écoutons!
Nous travaillons enfin pour un petit théâtre :
Mais on n'a pas toujours un parterre idolâtre.

La tragédie, hélas ! a ses douteux succès.
Nous faisons nos devoirs... exemptés des sifflets ;
Et le vent peut souffler à travers la montagne,
Sans que, sur cet air-là, nous battions la campagne !

Oui, ces masques d'emprunt, tant de fois grimacés,
Ces poses de génie... on en avait assez !

Grand héros d'Hernani, pardon si je te choque,
Mais, malgré moi, j'ai peur de la sombre défroque
Dont tant de pauvres gens, enrôlés sous ton nom,
Se drapaient pour finir... au moins à Charenton !

Ne regrette plus rien, ô maître Charlemagne !
Laisse les songes-creux aux rêveurs d'Allemagne ;
En France, sois jaloux de voir l'esprit français
S'ébattre en sa gaîté, mère de ses succès.
Vive le vieux Gaulois, le bon sens terre à terre !
« *Guenille si l'on veut, ma guenille m'est chère.* »

Nous tenons à voir clair : fi de ton étendard
Qui ne flotte jamais qu'au milieu du brouillard !

Notre Muse n'est plus cette sœur des nuages,
Toujours vers l'inconnu dirigeant ses voyages ;

Et, pour chacun de nous, la Muse désormais
A pris de notre mère et le cœur et les traits.

Elle fait applaudir, à la grave Sorbonne,
Le camarade heureux que le succès couronne.
Elle est là, près de nous, avec notre aumônier,
Quand sa douce bonté, manne au sein du grenier,
Nous montre, en arrachant le pauvre à sa détresse,
Comment la Charité fait valoir la Richesse !
Elle est là, stimulant d'un aiguillon vainqueur
Tout instinct généreux qui dort au fond du cœur,
Quand, fille du mystère, une pensée humaine,
Avec un *petit sou*, donné chaque semaine,
Nous permet d'élever, d'adopter un enfant,
Jeune frère inconnu, qui peut-être m'entend !
Elle est là quand, grisant l'écho du réfectoire,
On proclame tout haut des bulletins de gloire
Datés : Solferino ! Quand, par de saints transports
Exaltant les vainqueurs, nous pleurons sur les morts !
Elle est là, toujours là, quand plus tard la misère,
Jetant tout désarmé le camarade à terre,
Nous lui tendons les bras au mot de ralliement
Qui nous enchaîne tous : Fils de Louis-le-Grand !

La voilà, notre Muse ! Elle vaut bien, j'espère,
Celle qui ne poursuit que fumée et chimère...
Et dont les nourrissons comptaient pour des vertus
Leurs cheveux en désordre et leurs chapeaux pointus !»

A ces mots, qui blessaient son allure bravache,
Le héros d'Hernani tortilla sa moustache ;
Et, jusqu'à mon réveil, ce roi rébarbatif
Reprit obstinément, sur un ton convulsif,
(Risquant d'un hiatus la licence un peu forte) :

« Il n'y a plus d'enfants !... La poésie est morte ! ! ! »

DU MÊME ÉLÈVE.

(Classe de Logique.)

FIN

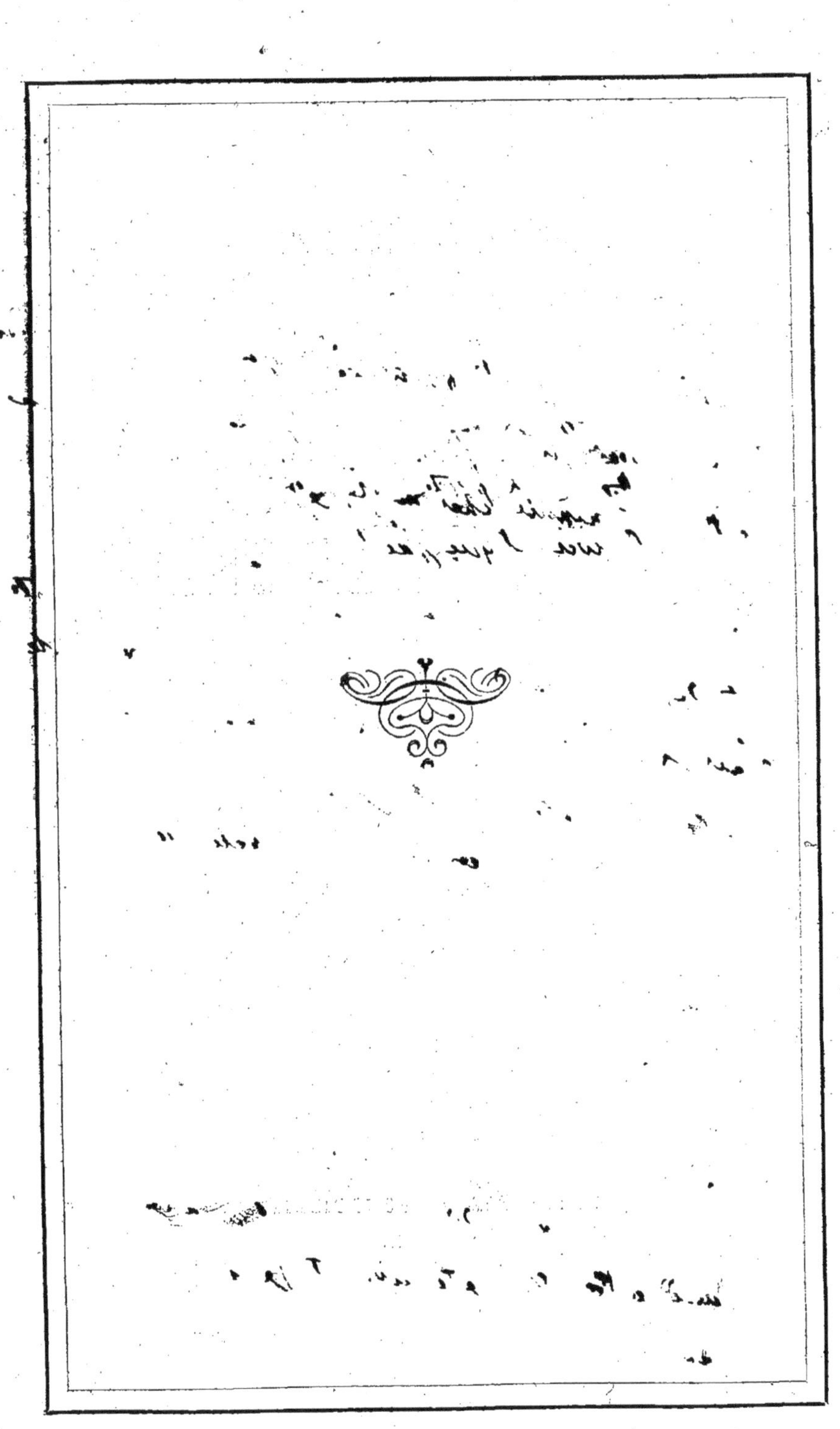

www.ingramcontent.com/pod-product-compliance
Ingram Content Group UK Ltd.
Pitfield, Milton Keynes, MK11 3LW, UK
UKHW020554230726
13925UKWH00006B/2588